Bibliografische Information der Deutschen Nationalbibliothek: Die
Deutsche Nationalbibliothek verzeichnet diese Publikation in der
Deutschen Nationalbibliografie; detaillierte bibliografische Daten
sind im Internet über dnb.dnb.de abrufbar.

2. Auflage 2018

Herstellung und Verlag:
BoD – Books on Demand, Norderstedt

ISBN: 978-3-7528-6254-6

Im wonnevollen Herzen deutscher Lande, wo kräftige und mutige Gebirge die Pracht ihrer Wälder zur Sonne recken und die Kühle ihrer Täler in tausend Blumenwiesen ausatmen, sprang an einem frischen Junimorgen ganz in der Frühe, als alles noch heilig still war, die Menschen noch schliefen und das Vieh noch in den Ställen brüllte, ein schlankes, feines Mädchen in einem absonderlichen Gebaren in langen Sätzen, wie gejagt, eine große tautriefende Wiese hinan, die hinter einem Dorf zu höher gelegenen Feldern und Anpflanzungen emporstieg. Seit Anbeginn der Welt sind die weiblichen Wesen unter den Menschen, gleichviel ob jung ob alt, von so sonderbaren Anwandlungen heimgesucht worden, daß sie sich bescheiden müssen, sich selbst nie ganz zu verstehen. So verstand sich wohl auch jenes Mädchen nicht ganz, als es, so wie es eben aus seinem Bett geschlüpft war, mit nicht mehr als seinem verwachsenen Kinderhemdchen angetan, sonst völlig nackt, durch das nasse Gräsermeer eilte, das seine Schenkel umstreifte. Jeder Tritt enthüllte das Ungewohnte ihres Beginnens, das weder ihren Jahren noch ihrer Art anstand. Denn sie war in dem Alter in dem der Mond ein Kind mit dem ersten unverstandenen Leid bedroht, und ihr zarter unbäuerlicher Gliederbau, die helle Haut und ihre schamhafte Eile verrieten, daß ihr sonst wohl Schuh und Rock und auch feines Linnen am Leibe geläufige Dinge waren. Nur zwei große leere Blumenkörbe, die sie an langen Henkeln in den Händen schwang, schienen ein gewohnteres Zubehör zu ihr vorzustellen.

So eilte sie in den schwingenden und doch unbeholfenen Sprüngen durch die blumige, hemmende Flut und verschwand am Ende der Wiese in einem Blumengarten, der dort, von den Gehöften des Ortes eigensinnig getrennt, sein sonnenwarmes, wohlgehegtes Dasein führte.

Der Garten gehörte dem Mädchen; oder, wenn er ihr nicht gehörte, so schaltete sie doch wie eine Herrin in ihm. Denn sie betrieb einen Blumenhandel nach ihrer Art, und jeden Morgen schnitt sie in dem Garten ihren Vorrat, legte ihn enggepreßt in ihre Körbe und verkaufte ihn in den belebten Brunnenanlagen der Stadt, in die sie täglich der Frühzug hinunterführte. Am Abend, oft schon am Mittag, kehrte sie mit leeren Körben in ihr kleines Zimmer heim, das auf dem Dorfe im Gehöft des reichen Sägemüllers lag und eben über die schöne große Wiese hinauf nach ihrem Blumengarten und den Wäldern sah, die mit langen Armen von den Höhen herunterreichten.

Sie gehörte indessen nicht zu den Leuten des Dorfes; vielmehr hatte sie sich, man wußte nicht wann noch wie, in der Behausung des Sägemüllers festgenistet und allmählich mit Glück und Sachkenntnis jenen Blumengarten angelegt. Da der Sägemüller mit allerhand Menschen in der Stadt zu tun hatte, mochte auch sie daher stammen. Man nannte sie im Dorf das Evlein; aber obschon die Geschichte in jenem Teil Deutschlands sich ereignete, wo man sich nicht schämt, Namen verkleinernde Endungen anzuhängen und so ihre Träger von den anderen gleichen Namens sinngemäß zu unterscheiden, so ist es nicht sicher, ob in diesem

Fall nicht eher die Vorstellung einer Efeuranke in ihrer sittsamen Schlankheit dem Kind den Namen eingetragen hat und er daher richtiger Efeulein hätte geschrieben werden sollen. Im übrigen kümmerte man sich absichtlich nicht um sie; man wußte kaum daß sie da war. Sie war den Leuten zu fein und zu fremd, und ihr Garten galt fast für ein kleines Zauberreich, in dem Blumen und Kräuter wuchsen, wie man sie nie gesehen und in das es keinen Eintritt gab. So wußte niemand etwas Rechtes mit ihr anzufangen, und sie tat nichts, um die Ferne, in der die Leute des Dorfes sich von ihr hielten zu verringern.

Freilich hatte sie sich's noch nie beikommen lassen, halbnackt über eine große Wiese zu springen, noch in anderer Weise die Gedanken oder das Gespräch auf sich zu lenken. Und wenn auch in der Herrgottsfrühe jenes Tages, als sie über die Wiese zu ihrem Garten hinaufsprang, kein Mensch weit und breit zu sehen war, so mochte dies anders sein, wenn sie mit gefüllten Körben langsam und fürsichtig zu ihrem Türchen zurückzukehren hatte. Schon wurde es hinter den Staketen und Läden der Fenster lebendig, und mit den Lauten der Tiere mischten sich Laute von Menschen. Aber alles das kümmerte heute das Evlein nicht. Und wenn sie auch jetzt gewahrte, daß ihr Hemdchen, in dem sie sich sah, ihrem eigenen Wachstum nicht gefolgt, viel zu kurz war und kaum noch die Schenkel bedeckte, so focht sie das nicht an. Ja, sie brüstete sich eher ein wenig in ihrem Innern damit, daß sie dem Einfall, der sich zu ihr mit der Morgenluft hineingedrängt als sie ihr Fenster öffnete, Einlaß gewährt hatte wie einem ersten Geliebten, der ihr gleichwohl nicht zu nahe tun durfte. So füllte sie, in das wohlige Gefühl ihrer Anwandlungen verschanzt, die Füße frisch gebadet vom Tau, den Leib dem ersten Sonnenspiel preisgegeben, Brüste und Schultern von tropfenden Blüten und Ranken kühl bis zum Schauern berührt, lächelnd ihre Körbe. Dann machte sie sich auf den Heimweg.

Vorsorglich und eng preßte sie mit angelegten Ellenbogen die beiden übervollen Blumenlasten unter die Brust und schritt behutsam mit kleinen Schritten den Rain hinab, der sie zu ihrem Hause führen sollte, als sie sich plötzlich, die Augen erhebend, einer wunderschönen Frau gegenübersah, die in einem seltenen ausgesuchten Gewände auf jenem Raine aufwärts schritt. An der Hand führte die Frau ein himmlisch schönes Kind, einen Knaben, dessen Haupt ein heller Schein umgab. Es schien dem Evlein, als ob dieser Schein fast die Schönheit der königlichen Frau ein wenig verdunkele. Der Knabe war ganz nackt und stapfte durch den Morgen wie ein glückstrahlendes Menschenkind, das selig ist, seinen Leib von dumpfer Berührung jedes Kleides frei in einer ersten, frohen ihm erlaubten Heldentat der Luft, dem Licht preisgeben zu dürfen.

Nun weiß jeder, daß es Frühlingstage auf Erden gibt, so schön, daß alle himmlische Herrlichkeit, die man sich erdenken mag, keinen Vergleich mit ihnen aushält. Was Wunder, wenn Himmlische an solchen Tagen auf Erden wandeln? So begab es sich, daß in der Frühe jenes Tages die Jungfrau Maria zur Erde herabgekommen war und den Jesusknaben mit sich genommen hatte, um ihn an einem deutschen Sommermorgen zu zeigen, wie herrlich die Welt war, die sein himmlischer Vater erschaffen hatte. Ein silbernes Netz von Tau war feinmaschig über die Wiese geworfen, und jedem Gras, dem ärmsten auch, waren Tropfendiamanten aus einem unermeßlichen Reichtum ausgestreut. Ein leiser Wind strich über alle die vielen sich neigenden Köpfe von Blumen und Halmen wie eine unendlich linde Hand, die keines der Köpfchen vergaß. Der Himmel schwang weithin von Lerchengesang, ganz zart, hoch, unsichtbar, und die ganze weite Welt war in eine Innigkeit von Farbe und Licht getaucht, wie sie keine andere Sonne zu spenden vermag als die, welche ein deutsches Wiesental an einem Frühlingsmorgen bescheinen darf.

Durch diese Pracht schritt das Christuskind mit seiner königlichen Mutter arglos und sorglos dahin als rechter Herrscher, der all die Herrlichkeit in seinem Reich nicht zu bestaunen braucht. Als es vor dem Evlein angekommen war, da mußte es freilich einhalten, die Tauperlen mit seinen nackten Füßen von den Gräsern zu streifen. Denn seine Mutter blieb stehen, und mit ihr zugleich stand der Knabe, den sie an der Hand hielt. Und er erschauerte ein wenig vor der Kühle des Grases und der Süßigkeit des Windes.

Das Evlein blickte bald auf die hohe Frau, bald auf das Kind und wußte nicht, was sie auf dem Rain festbannte, daß sie nicht zur Seite auf die Wiese trat, um die Himmelskönigin vorübergehen zu lassen. Staunend stand sie – eine atemlose Ewigkeit.

Dann glitten wie unter einer sanften Gewalt die Blumenkörbe langsam von ihren sich streckenden Armen zu Boden. Während ihre Blicke auf dem schönen Knaben haften blieben, streifte sie in einem wortlosen Mitleid mit seiner Nacktheit ihr von dem jungen Körper erwärmtes Hemdchen über den Kopf und ließ es über die Gestalt des Kindes herniederfallen, wozu die Himmelskönigin mit einem Lächeln eine kleine Hilfe leistete.

Da stand nun das himmlische Kind mit einem irdischen Hemd bekleidet und genoß verlegen ein ihm fremdes und doch wohliges Geschenk. Seine Mutter aber nahm es wieder bei der Hand, dankte dem Evlein mit einem Blick und gedachte ihren Weg durch diese Welt fortzusetzen, als sie gewahrte, wie das Mädchen stumm seine Körbe aufnahm und nun selbst nackt und bloß ihren Weg den Rain hinab zu beenden sich anschickte. Das Mädchen sah sich nicht um; still versunken ging es dahin und gewahrte von der Welt nichts mehr. Sie trug ihre einfache gute Tat in ihrem Herzen nach Hause wie eine unbeschreibliche Kostbarkeit. Als die Mutter Gottes sie so enteilen sah, erschrak sie ein wenig. Und in ihrer himmlischen Vorsicht warf sie aus ihrer unergründlichen Unberührbarkeit einen Anteil als Gnade über die Gestalt und das Wesen des Mädchens, groß genug, daß kein irdisches Auge ihr je mit begehrlichen oder lästigen Blicken nahen durfte, mochte sie noch so nackt und bloß sein.

Vorerst freilich schien die Gabe der Himmelskönigin nicht in Wirksamkeit treten zu sollen, denn es blieb alles still in der Wiese und hinter den Häusern.

Ungesehen, wie es schien, verschwand das Evlein in seiner Tür.

Doch sie war belauscht. Ein deutscher Student, der an diesem Tage ausgegangen war, dem Herrgott den Morgen zu stehlen, saß am Rand des Waldes, der die große Wiese an einem Saum nach oben begleitete, klappte sein Buch nicht auf, das er zu seiner Erbauung mitgenommen hatte, sondern ließ sich stumm die Köstlichkeit dieses Morgens in die Augen träufeln. Alle Schauspiele, die in der Frühe des Tages sich den Rain hinauf und hinab abspielten, hatte er mit ansehen dürfen als der einzige, dem sie als Zuschauer gespielt wurden. Er hatte das Evlein hinaufspringen sehen in seinen Blumengarten und über ihren Aufzug lustig gelacht; denn er kannte sie wohl und war niemand anders als der Sohn des Sägemüllers, in dessen Hause das Evlein sein Unterkommen hatte. Dann war von unten her die schöne Frau mit dem Kinde erschienen und von oben her das Evlein mit den Blumenkörben, und er machte weite Augen, als der seltsame Stillstand auf dem schmalen Wiesenrain mit dem Wegschenken des Hemdes endete. Aber ein Staunen ging in ihm auf, größer als alles Augenaufsperren über die Wunder dieses Morgens, da er nun dem Evlein mit den Blikken folgte, als es in seiner keuschen Nacktheit mit der Gnade der Himmelskönigin angetan seinem Türchen zustrebte. Denn als sie so dahinging, da war es, daß alle Herrlichkeit, die in jenem Wiesental versammelt war, nur hinter ihr stand wie ein Vasall, der ihr zu dienen hatte, daß alles Licht und Sonnengefunkel nicht mehr war wie ein Geschmeide für ihren Leib, und daß der Wind neben ihr über die Wiese schritt wie ein Edelknabe, den sie an ihrer Seite duldete.

»Das ist das schönste Gefäß des Lebens, das ich je schauen werde«, rief der Student, indem er aufsprang, »und mag der schönste Leib sein, den je eines Mannes Arme halten dürfen.« Aber sie entschwand ihm in einer Reinheit, die ihm die Augen übergehen machte.

Seit jenem Tage trug das Evlein kein Hemd. Sie gedachte damit ein kleines eigensinniges Gelübde durchzuführen; denn es schien ihr kein rechtes Geschenk zu sein, wenn sie die Sache, die sie preisgab, durch eine andere hätte ersetzen können. Ihr Hemd trug das Christkind; sie sollte, wie sie meinte, keines tragen. Auch war ihr die ganze Handlung, durch die sie es verlor, zu heilig, ihr Rückweg in ihrer Nacktheit zu wonnig und feierlich erschienen, als daß sie nicht diese Gefühle in etwas festzuhalten oder zu versinnlichen bestrebt gewesen wäre. So zog sie nicht mehr als ein dreieckiges Tuch oder wohl eine Jacke um Brust und Schultern. Aber sie liebte es, mit nacktem Oberkörper zu gehen, während sie ihr Gelübde im übrigen nicht weiter über ihren Körper ausdehnte. Kein Blick, kein Gedanke nahte sich ihr, der etwas anderes in ihr gesehen hätte als die keuschesten Formen; und der Schutz der Himmelskönigin schien ihre Vorliebe zu heiligen. Wohl wurde mancher auf sie aufmerksam, wenn der schöne Leib sich zwischen den Blumen ihres Gartens zeigte oder wenn sie mit der Herde des Dorfes heimkam, der sie stundenlang nachfolgen konnte. Dann hing ihr Tuch offen herab, die Brust flog vor Lust und Kraft, und die ebenmäßige Bronze ihrer Haut glänzte in der Abendsonne. Aber alle ihre Bewegungen waren frei, unschuldig und stark, gleichsam unwiderstehlich, so daß sie wohl viele bewunderten, doch keiner ein Arg in ihr finden konnte. »Sie hat ihr Hemd dem Christusknaben weggeschenkt«, sagten die Leute im Dorf, gläubig oder ungläubig, und begnügten sich damit. In der Stadt aber, wo diese Erklärung ihres Eigensinns weniger bekannt war, bedurfte es ihrer auch nicht. Die Menschen erfreuten sich eher an dem schlanken, entblößten Nacken, den schön geformten Armen und der zarten Wölbung der Brust, wenn sie unter der losen Verknotung sichtbar wurde, als daß sie Bemerkungen darüber gemacht hätten. Denn die Stadt hatte eine harmlosere und lustvollere Auffassung der nackten Formen des menschlichen Leibes als den Gewinn einer aufgeklärteren Zeit schon in sich aufgenommen.

Der Student, der sie belauscht, und das Evlein fanden sich, weil es der Natur in diesem Falle gefiel, zwei Menschen einander zuzuführen, die füreinander bestimmt waren, während sie sie häufig genug in aller Welt herumtreibt und es ihnen eigensinnig überläßt, sich zu suchen. Vor einer Anzahl von Jahren hatte der Sägemüller das Evlein, dem von vermögender Seite ein dauerndes Unterkommen bei ihm bestellt war, aus der Stadt in sein frauen- und tochterloses Haus genommen, wo eine ältere biedere Schwester mehr abseits von seinen Gefühlen Aufsicht und Wirtschaft führte. Damals war das Kind, einer vornehmen Erziehung nur halb entwachsen, zur Kräftigung seines zarten Leibes in ländliche Umgebung und dem Atem der Wälder nahe gebracht worden. Doch schien die Vorsicht übertrieben; sie war noch nicht lange unter dem neuen Dach, als sie so stark und gesund war wie irgendeines der Kinder im Dorf. Nur war sie schlanker, und ihre Glieder wiesen jene durchgebildeten bestimmteren Formen auf, die das Vorrecht von Edelgewächsen ebensowohl unter den Pflanzen wie unter Menschen und Tieren sind. Der Sägemüller liebte das kindliche Geschöpf, das ihm in Wesen und Erziehung wohl in etwas die Erinnerung und ein jugendliches Widerspiel einer feinen Frau zurückbrachte, die er früh verloren hatte. Ihre Erbschaft war ein sich ewig gleichbleibendes schmerzliches Gedenken und sein Sohn, Konrad, mit dem nun das Evlein gemeinsam aufwuchs. Dieser, mehr nach seiner Mutter als nach seinem Vater geschlagen, fühlte sich dem Mädchen bald verwandter als irgendeinem Kinde seines Heimatdorfes, hielt zu ihr in allen Dingen und verließ sie, als er zur Beendigung seiner Schulausbildung eine höhere Anstalt aufsuchte, als ihr rechter Ritter, der sie dereinst erobern würde.

Konrad, der jede seiner freien Wochen getreulich zur Gespielin seiner Knabenjahre heimkam, bezog nach kurzer Zeit die Universität. Wenn er auch dereinst das Sägewerk und die ausgedehnten Geschäfte seines Vaters mit kostbarem Bauholz zu übernehmen bestimmt war, so fand er es doch für gut, sich in der Welt und in Künsten und Wissenschaften zuvor gebührlich umzusehen und seinen Gewinn an Bildung und Kenntnissen daraus davonzutragen.

Während seiner ersten Ferien war es, daß der junge Student jenes Schauspiels Zeuge ward, in dem er das Evlein nackt und bloß und doch in einer unvergleichlichen Glorie den Rain hinabschreiten sah, der zu seines Vaters Hause führte. Dieser Unschuld, dieser Schönheit Schützer und Bewahrer zu sein, war das reine Gelöbnis, die schwärmerische Bestimmung, die er aus dem heimatlichen Tal mit sich in die Welt und sein junges Leben hinausnahm.

Als er nach Jahr und Tag heimkehrte, begann zwischen ihnen das ewig unbeschreibliche Spiel der ersten, heiligsten Liebe. Mit einer leisen unwiderstehlichen Gewalt, der nur die unterliegen, welche wahrhaft lieben, zogen sie sich an. Wie aus dem Reis der Baum wird, so war aus der Liebe des Knaben die Liebe des Mannes geworden.

Hinter dem Sägewerk, abgewendet von der Straße und dem großen Holzplatz, wo die Stämme kamen und gingen, lag, wie das Zimmer des Evlein und ihre Einschlupftür auf die große Wiese hinausblickend, ein kleiner grüner Platz. Das murmelnde Gerinnsel des hier schon seiner Hauptkraft beraubten, nach dem Werke abgeleiteten Baches trennte ihn von der Wiese, während der stärkere Arm des Wassers, das in künstlichem glattem Bett eilig der Sägerei zuströmte, ihn im Rücken umfaßte. Auf dieser grünen Insel, die dergestalt zwischen den ungleichen Bacharmen entstanden war, lagen einige dicke bejahrte Eichstämme geschichtet, die aus irgendeinem Grunde einmal der Säge entgangen waren, und bildeten eine natürliche

Bank von breiten, ehrwürdigen Ausmaßen. Eine dichte Reihe starker Erlenbüsche erhob sich dahinter und entzog den Ort den Blicken, die vom Werkplatz oder dem Hof ihn hätten erreichen können. Gedämpfter klangen das Geräusch des Gatters und das Gezisch der Sägen herüber und hielten mit ihrer Gleichmäßigkeit alle anderen Geräusche nieder, die zu diesem Schlupfwinkel und Heiligtum der Liebenden dringen mochten.

Dort war ihr liebster Aufenthalt. Dort fanden sie sich, ohne sich suchen zu müssen nach dem Werk ihres Tages. Dorthin gingen sie und ruhten, wenn der Tag heiß war, im Schatten vor der Mittagsglut. Dorthin brachte Konrad das Buch, aus dem er ihr vorlesen, das Bild das er ihr zeigen wollte. Dorthin brachte er das Schmuckstück, das er ihr beim Goldschmied in der Stadt gekauft. Dorthin brachte er wohl des Abends einen Freund mit herauf, auf den er stolz war und den er also dem Evlein zeigen mußte. Sie aber brachte nie jemanden mit. Dort auch sprachen sie von den Wundern der Natur, vom Gehen der Sterne, von dem Keimen der Pflanzen, von den Trieben der Tiere, von Geburt und Tod. Dort auch erzählte Konrad der Geliebten, wie er sie damals belauscht, als sie nackt über die Wiese ging; wie damals alle Herrlichkeit des Wiesentals nur ihr zu dienen ausgebreitet schien, und wie ihm die Augen übergegangen seien, während sie ihm im Glanz verschwand. »Damals waren wir Kinder«, sagte das Evlein, »und du zumal warst ein Schwärmer.«

In der inneren Sicherheit und Freiheit, die ihr das Geschenk ihrer Keuschheit gab, freute sich das Evlein, Konrad zu allen Stunden nahe sein zu dürfen.

Er fühlte ihre Unberührbarkeit, und seine Liebe war ehrfürchtig und unbegehrlich. Keines ahnte, daß die Gabe, die ihr die seligsten Stunden frei zu genießen erlaubte, zugleich sie ewig voneinander trennte. Noch waren sie nicht wissend und darum glücklich. Wenn er in den unschuldigen goldigen Grund ihrer Augen sah, so tauchte er in eine unauslotbare Seligkeit hinab und wußte, daß nichts auf der Welt dem gleich sei. Sie aber verankerte sich in seinen Blicken mit allen heimlichen Garnen und offenen Listen, über die ein weibliches Herz gebietet, um sich der Liebe eines Mannes zu versichern. Sie schwuren sich nicht, sich nie zu verlassen: sie wußten, daß sie einander nie würden lassen können. Wenn sie beisammen waren, so war ihnen wohl, ob sie sprachen oder schwiegen, und wenn sie getrennt waren, fühlte eines das andere wie einen unermeßlichen Schatz und Reichtum, den ihnen niemand streitig machen konnte.

Ihre Keuschheit führte das Evlein unterdessen zu einer Schönheit, deren Formen von jener Eigenschaft allein festgelegt, ja erzwungen schienen. Alles war vollkommen an ihr, bestimmt und unwiderstehlich; nichts aufgelöst, gemildert, nichts noch wünschbar oder anders zu denken. – Eines Abends brachte Konrad einen jungen Bildhauer aus der Stadt herauf, der von ihrer Schönheit gehört und den Wunsch geäußert hatte, sie in einem marmornen Bildnis festzuhalten. Während der nächsten Tage saß ihm das Evlein in ihrer sorglosen, ja freigebigen Art. So oft aber der Künstler ihre Formen aus dem Stein heben wollte, so oft der Meißel, der Linie ihres Körpers ganz nahe, diese im Stein erreichte, zerbröckelte der Marmor unter der Spitze.

»Werden auch mir diese Formen unerbittlich sein? Ist selbst meinem liebenden Begehren dieser Leib unnahbar?« dachte Konrad, als er am Abend erfuhr, was sich zugetragen. Verstört suchte er sein Lager auf, mit dem Wunder beschäftigt.

An einem der nächsten Tage, als das Evlein ermüdet in ihrem Inselheiligtum auf seinen Knien eingeschlafen war, wurde ihm Gewißheit. Er folgte mit den Augen den geliebten Linien des entblößten Nackens, der Schultern und der ruhig atmenden Brust und fühlte, daß er diesen Leib nie würde erobern können. Diese reinsten unschuldigsten jungfräulichen Formen, so nahe, so arglos vor ihm ausgebreitet, geboten ihm Halt, als ob er sie zerstöre, wenn er die Hand danach ausstrecke; wie wohl ein Mensch plötzlich vor dem zarten Wunder einer blühenden Ranke, die im Walde über seinen Weg fällt, haltmacht und es nicht über sich gewinnt, sie zu zerreißen. Eine geisterhafte Scheidewand war zwischen ihm und ihr errichtet, und er war ohnmächtig, sie niederzulegen. Ein unsagbarer Schmerz überkam ihn. Er barg sein Gesicht in der Hand und weinte still. Da fiel ein heißer Tropfen auf die nackte Brust des Evlein, und sie erwachte. Als sie ihn fragte, warum er weine, sagte er, er wisse es nicht. »Vielleicht vor Glück«, antwortete er unter Tränen, da sie weiter in ihn drang. Aber sie war nicht ganz zu beschwichtigen, und eine Wolke des Zweifels zog in ihr Herz.

Die Liebe Konrads und des Evlein war im dritten Jahr. Der Sommer stand im Land. Auf den Weiden brüllte das Vieh, und über die Koppeln zitterte das helle Wiehern der Stuten. Die Büsche erschallten vom Gezirp und Werbegezwitscher der Vögel, die Bienen summten dumpf und betäubend um blühende Bäume, das Wild schrie in den Wäldern, und das Dunkel war voll von dem Gebuhl von tausend Wesen. Ein süßer, schwerer Duft ging durch die Nächte, und alles machte die Zeit schwer zu tragen für die, welche liebten. –

Das Evlein saß in seinem Forellenbach im Bade. Dies war ein geräumiges Becken des Bachs oben im Tal, wo er noch nicht in gleichmäßigem Gefäll dahinlief, sondern in Sprüngen von Fels zu Fels fiel und sich mit vielfachen Aufenthalten einen ungeregelten Weg suchte. Dort hatten winterliche Wasserstürze ein tiefes Rund zwischen moosiges Gestein eingelassen, das jetzt zur Sommerszeit, von zahmeren Sprudeln und Fällen genährt, dem Bach eine Ausruh gab. Dorthin flüchtete das Evlein, wenn der Tag zu heiß war oder ihre Sinne ihr zu warm machten. Die Forellen sonnten sich auf dem schimmernden Kiesgrund; aber sie schossen bereitwillig und eilig davon, noch ehe das Mädchen seine Füße darauf setzte.

Das Evlein tauchte den Leib in das kühlende Kristall, das sie eiskalt umspannte. Es war ihr heiß zu Sinn, und sie wußte wohl warum. Sie brannte vor Liebe. Sie wußte, daß Konrad sie liebe, und konnte nicht fassen, was ihn von ihr fernhielt. »Ich sehne mich nach ihm«, sagte sie leise zu sich und doch so, als ob sie sich in einem Geständnis befreien müßte.

»Warum umfängt er mich nicht? Weiß er nicht, daß ich die Glücklichste unter der Sonne wäre, wenn er mich in seine Arme schlösse?«

Während sie regungslos dasaß, bis an die Brust im Wasser, hob sich ihr Bild aus dem Grunde zu dem still sich einstellenden Spiegel der Oberfläche empor. Da stellte sie sich leise auf die Füße, um es zu vergrößern, und mit vorgebeugtem Leib und halb erhobenen Armen wartete sie, bis es, nun größer, wiederkehre. Sie gierte danach, sich zu erblicken. War denn etwas Abstoßendes in ihren Zügen, ihren Formen? Das Bild stieg von neuem empor und versuchte zitternd auf der schwankenden Fläche sich festzuhalten. Sie suchte es mit angehaltenem Atem und erblickte sich. Eine unvergleichliche Anmut schimmerte ihr aus dem Rund des Spiegels entgegen und zauberte ein zartes Überraschen auf ihr Antlitz. Aber in dem Maße, wie das Bild klarer und klarer wurde, schien es ihr wohl noch schöner aber weniger lieblich zu werden, und sie zerstörte es ärgerlich mit einer Bewegung des Fußes, die den Sand aufwirbelte und den Spiegel zerbrach.

Als sie auf dem Heimweg war und schon die Landstraße gewonnen hatte, die nach dem Dorfe führte, gesellte sich ein Mädchen zu ihr, Adriane mit Namen, das von der Mahd kam. Sie war eine schöne, starke Person von südländischem Wesen, mit verführerischem Wohllaut in der Stimme. Sie fand es ihrer Kraft und Schönheit angemessen, die jungen Männer und Burschen des Dorfs sich botmäßig zu machen, und immer war es der angesehenste und schönste, den sie betörte und, solange es ihr gefiel, in ihrem Netze hielt.

Konrad war ihr um des Evleins willen entgangen; aber es dünkte ihr das eigentlich gegen Ordnung und Ehre, wie sie sie verstand, und sie gab ihn, obgleich sie keine Veranstaltungen machte ihn zu fangen, noch nicht als für sich verloren auf.

Adriane und das Evlein waren in einem arglosen Gespräch dahingeschritten, wobei die letztere sich mehr von dem tiefen Geläut der anderen Stimme als von den Dingen begleiten ließ, die sie erzählte, als Adriane plötzlich sagte: »Übrigens Konrad! Konrad ist dir auch noch nicht ganz sicher.« Das Evlein, das in seinen eigensten Gedanken getroffen war, blieb stehen und musterte die andere, die nun gleichfalls ihre Schritte anhielt, mit einem großen Blick. Adriane lachte kurz, fröhlich und unbefangen. Das Evlein sah wohl, daß sie ein Recht haben mußte, so zu reden. Aber da die Worte ohne Bosheit und Hinterhalt dahingesprochen schienen, hielt sie an sich. Ja, sie war Adriane halb dankbar. Denn ohne daß sie an eine Erschütterung der Neigung Konrads geglaubt hätte: hier schien ein Lichtstrahl, der ihr eine wohlgefühlte Verdüsterung und Bedrückung Konrads erhellen konnte, die, während er alle Beweise seiner Liebe zu ihr noch zu steigern getrachtet hatte, in den letzten Wochen auf ihm lasteten. Das Evlein setzte seinen Weg fort; sie würde bald wissen, was es für eine Bewandtnis mit den Worten Adrianes habe.

Diese ging neben ihr her und besann sich, ob sie zuviel gesagt. Aber sie hatte keinen Anlaß zu widerrufen oder einzulenken. Konrad, seit jener unglückseligen Entdeckung in Qualen umhergetrieben, war ihr begegnet und hatte, während er sonst ruhigen Auges an ihr vorüberging, diesmal, wie um sich zu betäuben, Gift gegen einen unaufhörlichen Schmerz zu nehmen, ihren Blick gesucht und flammend in sich eingesogen. Mehr hatte sich nicht ereignet. Aber Adriane war erfahren und kannte den Lauf der Dinge.

Am Abend erwartete das Evlein Konrad auf der grünen Insel. Sie ging gelassen die wenigen Schritte auf und nieder, die der Raum bot. Als Konrad über den kurzen Steg schritt, der über das schnelle Wasser führte, trat sie auf ihn zu. Sie legte beide Hände auf seine Achseln und sah ihm ins Auge. »Was ist dir?« fragte sie. »Was ist's mit Adriane?«

Er konnte ihr nichts entgegensetzen. All seine Qual stürmte gegen die Tore seines Herzens. Hilflos suchte sein Auge das ihre. Er wollte reden; aber nur ein Aufschrei war es, was sich seiner Brust entrang. »Ich – liebe dich und kann dich nicht begehren!« brach es aus ihm heraus. Und er stürzte nieder in ihren Schoß, da sie ihn, sich auf die Eichenbank niederlassend, auffing und an sich zog. Er vergrub sein Haupt unter ihren Händen und seinen Körper durchliefen Erschütterungen, als solle ihm das Herz brechen.

Nach dem Geständnis Konrads saß das Evlein noch lange im Dunkel allein. Eine Unruhe stieg in ihr empor und ließ sich nicht mehr beschwichtigen. Wenn Konrad sie nicht begehrte, wer würde sie begehren? Es durchzuckte sie plötzlich und erhellte sie wie ein Blitz, daß sie noch von keinem begehrt worden war: mit keinem Blick, mit keinem Wort, vielleicht mit keinem Gedanken. Hatte sie nicht stolz in dem Gefühl gelebt, daß ihr kein Mann nahen durfte? Etwas sprang sie an und biß sich in ihr fest wie eine Schlange. War ihre Unberührtheit, die über ihrem Leben wie ein schützender Stern geschienen hatte, nichts anderes als ein verkappter Fluch? War sie verdammt? Die Sinne schwanden ihr wie vor einem Abgrund, der sich aufriß. Sie schloß die Augen, um ihr pochendes Herz zu beruhigen. Da sah sie sich verdorrt an einem Wege liegen und ringsum blühte alles.

Sie mußte Gewißheit haben. Es durchfuhr sie, noch heute auf den Tanzboden zu gehen und ihre Macht an den Burschen des Dorfes zu erproben. Es war spät, und sie würden erhitzt sein von Wein und Tanz. Aber sie verwarf den Gedanken wieder: sie würden es vielleicht dennoch nicht wagen, aus Angst oder Achtung vor Konrad oder weil sie ihm versprochen galt.

Am anderen Morgen fuhr sie mit Blumen zur Stadt. Seit Jahren war sie dort nicht gesehen worden. Da sie auf das Betreiben Konrads in den Betrieb des Werks und seiner Geschäfte Einblick zu gewinnen suchte und dergestalt bald helfend bald lernend in es hineingezogen worden war, war die Gepflogenheit früherer Jahre aufgegeben worden. Ihre alten Bekannten und Kunden, die zu den Brunnen kamen, begrüßten sie, und neue Käufer, die ihre Schönheit anzog, traten heran. Sie blickte sie prüfend an. Keiner der nicht von ihr bezaubert war, der sich nicht an ihrer Schönheit weidete wie an einem schönen Schauspiel, das die Natur für ihn spielte. Aber keiner trat zu ihr, der in einer Befangenheit ein Gefühl verbarg, der ihr ein

Wort versteckt in andere zuzutragen suchte, der ihr einen besonderen Blick zuzustecken wagte, der durch ein Erröten unter ihren forschenden Augen auch nur den flüchtigsten Gedanken zu verraten gehabt hätte.

Das Blut stieg ihr zu Kopf. Etwas wie Scham überkam sie. Eine Angst trieb sie zu einer ihr unbekannten Eile an. Es dürstete sie nach neuen Beweisen und hetzte sie wahrhaft nach ihnen umher. Sie verschmachtete beinahe in Begierde nach ihnen. Als der Mittagszug sie nach den Höhen hinaufführte, schien er ihr mit einer folternden Langsamkeit dahinzukriechen. Es war ihr, als käme sie zu irgend etwas zu spät, und sie hätte doch nicht sagen können, was sie eigentlich versäume.

In ihrem Zimmer angekommen, warf sie ihr bestes Kleid und ein paar auffällige Gürtel und Bänder in eine Reisetasche und fuhr am Nachmittag wieder zur Stadt. In einem Hause, das auf vielen Pappschildern eingerichtete Zimmer zum Vermieten anbot, mietete sie wahllos eines, das ihr für ihre Zwecke geeignet schien und erwartete mit Ungeduld die Dämmerung.

Sie betrat die Straßen der Stadt. Und leise, erst zaghaft, dann kühner, lockte sie die Männer an, ihr zu folgen, wie sie es von andern sah, die zwischen den eilenden Bürgersleuten langsamer und bedeutsam ihren Weg suchten. »Schöner Freund!« sagte sie leise, wenn sie sich an einem der Herren vorüberschob; und »Schönes Kind!« klang es leise zurück. Halbe Blicke warf sie den Männern hin oder drehte den Kopf frei über die Schulter, wenn sie einen zu sich heranzwingen wollte. Es war mancher, der der aufrechten Gestalt folgte, die ihm aus dem Gedränge in eine Seitengasse vorausging, wo sie ihm Einlaß in ein dunkles, verwohntes Haus und ein dürftiges, schlecht erleuchtetes Zimmer gewährte. Aber alle verließen sie wieder wie unter einem Bann und doch keiner wissend, was ihn vor ihr fernhielt. Manche waren seltsam höflich, manche tappten wie irre an sich davon, einige gingen mit einem Fluch.

Lange trieb sie ihr trauriges Spiel, fast die ganze Nacht. Immer voll neuer Hoffnung, immer von neuem enttäuscht. »Bin ich denn aussätzig?« fragte sie einen verzweifelt. Aber er schüttelte langsam den Kopf und wußte nichts zu antworten. Als der Morgen graute, saß sie angekleidet auf dem Bett, die Ellenbogen auf die Knie gestemmt, die Ballen ihrer Fäuste in die Augen gepreßt. So sann sie lange, als ob sie mit ihren Gedanken das Geheimnis durchdringen müßte, das um sie war. Noch schien sie nicht am Ende zu sein; noch flackerte es irgendwo wie Licht und Hoffnung. Endlich sagte sie, wie um ganz sicher zu sein vor sich und zugleich alles abzuschneiden: »Jede – es müßte denn die stumpfeste Kreatur sein–jede, die den Stier brüllen hört und den Hengst wiehern, die dem Schlag der Nachtigall lauscht und den Vöglein in den Zweigen, jede, die sich auch nur einem flüchtigen Schmetterling, einem armen Schnecklein im Walde gleich und ebenbürtig hält, würde so handeln wie ich. Ich tue nichts Besonderes.«

Das Evlein brauchte keine Rechtfertigung, weder vor sich noch vor andern: ihr Blut schrie und begehrte zu wissen. Sie gab ihm Raum wie etwas Heiligem, das über sie kam.

Am Abend in der Dämmerung ließ sie sich von einem Mädchen, das sie reichlich bezahlte, ein verrufenes Haus zeigen. Sie betrat es. Die Schließerin sah die edle Gestalt argwöhnisch an; da sie aber an allerhand Vorkommnisse gewöhnt zu sein schien und einige harte Geldstücke in ihrer Hand fühlte, ließ sie sie ein und erfuhr von ihr, daß sie weiter nichts wolle als die Nacht zwischen die anderen Mädchen treten, die sie halte. Der Handel war bald geschlossen. Die Alte warf ihr ein paar Bandspangen für Schultern, Hand- und Fußgelenke zu und fragte, ob sie ein Hemd wolle. »Ich trage kein Hemd. Ich habe ein Gelübde«, antwortete das Evlein. »Das ist ein gutes Gelübde für diesen Ort«, sagte die Frau lachend und trug das Hemd wieder fort.

Als die Nacht kam, wurde der Raum von der Alten in ein falsches, aufdringliches Licht versetzt, das unter den Gesimsen in zahlreichen Flammen angebracht war und sich in vielen Spiegeln brach. Das Evlein trat in die Reihe der Mädchen. Sie verhielten sich teilnahmlos und schweigsam und beachteten sie kaum. Es waren viel Fremde in der Stadt. Männer aller Art traten in das Haus, schauten die Mädchen mit lüsternen Blicken an und gingen wieder oder winkten einer, ihnen zu folgen. Wohl schauten alle auch sie an, die mit den anderen zur Schau stand. Keiner, der sie unbeachtet ließ, manche, die sie anstarrten wie ein Wunder. Aber ihr winkte keiner; nicht einmal ein Blick forderte sie auf. Sie stand an ihrem selbstgeschaffenen Pranger und sah bald die Männer an, bald senkte sie die Augen. Aber sie mochte sie ansehen oder nicht: von ihrem nackten Leibe ging ein Bann aus, der sie zurückhielt.

Und ein Mann kam, der schloß die Augen halb und ging wie unter einem Schleier auf sie los und schien kühner zu sein als die anderen. Das Evlein zitterte. Als er ihr aber ganz nahe war, taumelte er zurück wie von einer großen Helligkeit getroffen, die plötzlich über ihn hereinbrach; und er ließ von ihr ab.

Da wußte das Evlein, daß es keiner wagen würde. Aber sie stand ihren Pranger aus, weil sie nichts mehr zu hoffen hatte. Was hätte sie um die Schmach auch nur eines begehrlichen Blickes gegeben; wie war sie ausgestoßener als jene, die neben ihr standen und die die Menschen für ausgestoßen hielten; gebrandmarkt und unwert des einfachsten, heiligsten Willens der Natur; gestäupt und gegeißelt von dem Fluch ihrer Unberührbarkeit; verjagt aus dem Stolz ihrer Keuschheit und geschändet durch ihre Unbefleckbarkeit. Nun war sie wirklich weniger als das Schneckchen im Walde, und das kleinste Insekt triumphierte über sie.

Als die Nacht schon weit vorgeschritten war, die Mädchen müde auf den Polstern lagen und die Tür seltener ging, stand sie noch immer, und ihre Augen fielen auf ihr eigenes Bild, wie es aus den Spiegeln in grellem Licht ihr entgegengeworfen wurde. »Was ist an mir?« fragte sie sich, indem sie sich noch einmal zusammenraffte, und schickte sich an, sich mit einem eisernen Blick zu mustern. Da war es ihr, als ob das Glas ihr Rede stehen wolle, und etwas von dem gleichen seltsam Abweisenden schien sie aus ihren reinen eigenen Formen anzublicken, das sie jüngst in dem sich klärenden Bilde im Wasserspiegel entdeckte und zerstörte, noch ehe es ihr zum Bewußtsein gekommen war. Aber in demselben Augenblick, als sie es jetzt in einem Schauder vor sich festzuhalten versuchte, erlosch das Licht in dem Raum ringsum bis auf eine ärmliche Flamme, die Alte rief etwas von Feierstunde, die Mädchen erhoben sich, gingen hinaus, und die Spiegel lagen im Dunkel.

Wortlos kleidete sie sich an, wortlos entließ sie die Alte auf die Straße und schloß das Haus. Unter seinem Kummer kroch das Evlein dahin, wie sie nie gedacht hatte daß sie kriechen könne. Sie hatte alle Beweise, die letzten auch, und konnte dennoch nicht glauben.

Sie fror. Die Dinge verschwammen. Irgendwo pfiff die Maschine eines Zuges in der Frühe; es roch nach nassen Kleidern, und Menschen stießen sie an, die in der Ecke saß. Dann hörte sie Stimmen, die ihr bekannt schienen und ging durch Türen, durch die sie oft gegangen war; ein Sägegatter ging auf und nieder, und ein Bach raunte eine bekannte Weise. Als sie über die Schwelle ihres Zimmers trat und es sie überkam, wo sie war, stürzte sie vor ihrem Bette auf die Knie, umarmte mit beiden Armen die Lagerstatt ihres Hauptes, küßte das Linnen ihrer Kissen und schluchzte in sie hinein wie ein Kind, das in den Schoß seiner Mutter sinkt.

Ihr Lager nahm sie auf, der Schlaf nahm sie dahin, und sie wußte nichts mehr von ihrem Fluch.

Die Mittagsonne eines neuen Tages schien in ihr Zimmer, als sie erwachte. Sie lag ganz still, um ein wohliges Gefühl nicht zu zerstören, das sie durchlief. Indem die sich belebenden Sinne langsam sich rückwärts tasteten, gewann sie die Erinnerung an die letzten Tage, wie einem Menschen das Besinnen zurückkehrt, der aus einem schweren Schiffbruch gerettet ist und aus langer Erschöpfung das erstemal zum Bewußtsein erwacht. Einer großen Gefahr war sie entgangen, so fühlte sie dankbar und strich unter der Decke leise über ihre Glieder. Sie waren heil und gesund und schmerzten sie nicht. War ihre Unberührtheit ihr dennoch zur Gnade ausgeschlagen? Sie wollte es bejahen und seufzte doch tief auf, sehnte sich nach Konrad und breitete weit ihre Arme nach ihm aus.

Dann versank sie wieder in Nachdenklichkeit. Seltsames ging in ihr vor. Es war ihr, als ob das, was sie erfahren, nicht das Ende sei, als sei sie vielmehr nur durch eine Station gegangen, durch ein Vorspiel, dem anderes folgen müsse. Ihr Blut hatte nach Beweisen geschrien für einen Fluch, gegen den es sich aufbäumte. Die sie ihm verschafft hatte, waren bitter. Ihr Innerstes aber erwartete noch immer einen Ausweg, eine Rettung, einen Austrag der Unbill, die eine ihr unbekannte Macht über ihren gesunden Leib verhängt hatte. So war ihr, als ob ihr eine Offenbarung bevorstehe, als ob sich das alles auflösen müsse, als ob der Himmel oder die Natur ihr ein Geheimnis enthüllen werde, das sie lächelnd entgegennehmen würde, so verborgen es ihr jetzt noch war. Denn sie war von der Art, daß sie sich zu gesund an Leib und Seele fühlte, um eine Verdammte zu sein.

Und sie überdachte das erstemal in ihrem Leben, seit wann sie wohl diese Keuschheit besitze, die alle abwies; hatte sie sich immer so gekannt? War sie nicht in der Frühe eines Junimorgens, fast noch ein Kind, in ihrem verwachsenen Hemdchen, voller Scham und für jeden Blick verwundbar, die große Wiese hinaufgesprungen? Und nach einer kleinen Stunde war sie den Rain zurückgegangen, ganz nackt, unbeschwert, frei, unangefochten von jeglicher Scham, im Mantel ihrer Unnahbarkeit. Die Himmelskönigin kam ihr in den Sinn, der schöne Knabe dem sie ihr Hemd geschenkt und die seltsamen Worte, die Konrad über sie führte, als er sie damals belauscht hatte. War ihre Unberührbarkeit – so meinte sie – wirklich von einer Himmlischen mit einem Lächeln ihr zugehaucht worden, so würde sie auch mit einem Lächeln von ihr genommen werden, wenn die Zeit kam; und wenn sie so dachte, erschien ihr das Leid der letzten Tage eher wie eine Prüfung, eine gelinde Züchtigung dafür, daß sie in ihrer armen Menschlichkeit in der himmlischen Gabe einen Unsegen gesehen oder vermutet hatte.

Sie wußte sich das alles nicht zusammenzureimen und fühlte sich doch an der Schwelle des Geheimnisses.

Mit einer feierlichen Ungeduld erhob sie sich, trank die Milch und aß das Brot, die immer für sie an bestimmter Stelle bereit standen, und begab sich in die Geschäftsräume hinüber, wo Arbeit ihrer wartete. Es fuhr ihr durch den Sinn, daß sie am Abend Konrad sehen würde, dann aber wieder, daß sie vielleicht nicht würde kommen können, von irgendeinem für sie bedeutsamen Geschehnis abgehalten.

Das Evlein war schon geraume Zeit im Werk verschwunden und nichts von Bedeutung schien sich ereignen zu wollen, als in der Abenddämmerung das ganze Dorf durch die Ankunft eines fast lautlos und schwebend über das Gepflaster einfahrenden feinlackierten Reisekraftwagens in Aufregung versetzt wurde. Zwei sehr schöne, in weite Schleier gehüllte Frauen entstiegen dem Fahrzeug, als es anmutig und bestimmt vor den Stufen des Gasthofs, der sich dieser Ehre nicht versah, haltmachte. Nach einer Weile kam ein Dienstmädchen ziemlich ratlos auf die Straße gestürzt. Von ihm erfuhren die Trüppchen der Neugierigen, die noch auf dem Pflaster herumstanden wie kleine schwarze Pfützen, nachdem der Regen sich längst verlaufen hat, die Damen wollten sich zu einem Tanz auf einem Schloß der Nachbarschaft hier im Gasthof umziehen und herrichten und verlangten nach zwei zierlichen leichten Rosenkränzen, wie sie für ein ländliches Fest in schönen Frauenhaaren passend schienen. Die Neugierigen kamen sich nützlich und wichtig vor, als sie auf das Evlein als die unzweifelhafte Retterin der Ehre des Dorfes, wenn sie sich mit Blumen wahren ließe, hinwiesen. Und das erstemal in ihrem Leben ging das Evlein noch des Abends spät in ihren Blumengarten, um Rosen zu schneiden. Sie schnitt mehr als genug für zwei kleine Halbkränze, die sie schnell und leicht so band, daß man sie in das Haar mehr einflechten als aufsetzen sollte. Dies aber hatte sie sich vorgenommen dem Bauernmädel abzunehmen, das sich in Handreichungen für vornehme Damen doch nur lächerlich und ungeschickt aufführen würde. Zwei dicke Sträuße großer Rosen lagen außer den Kränzen in ihren Körben, als sie eilend in der sinkenden Dämmerung über die große Wiese zurücklief, dem hell erleuchteten Gasthof zu.

Als sie das Zimmer der Fremden betrat, zu dem sie der Wirt, wohl zufrieden, seinen Gästen mit einer so schönen Person aufwarten zu können, bereitwillig zuließ, erschrak sie ein wenig beim Anblick der zwei Frauen, die in einem luxuriösen Durcheinander, das sie aus ihren Koffern angerichtet hatten, jede vor einem kerzenbeleuchteten Spiegel saßen und offenbar nur auf ihre Kränzlein warteten. Das kleine Erschrecken des Evlein rührte aber daher, daß die beiden Schönen, so oft auch das Mädchen bald heimlich bald unverhohlen ihre Blicke der einen oder der andern zuwandte, was beide, in ihre Spiegel blickend, sehr wohl bemerkten, nicht nur einander wie Schwestern glichen, sondern auch etwas von jener himmlischen Schönheit an sich zu tragen schienen, die ihr von einem Junimorgen auf der großen Wiese vor ihrem Blumengarten in einer unverrückbaren Erinnerung geblieben war. Keine der Frauen zeigte zwar hier vor den Spiegeln die stille Erhabenheit jener, die den Jesusknaben an der Hand geführt hatte; und wenn die Blicke dieser keusch und still gewesen waren, so waren die der Fremden eher keck und übermütig. Aber dennoch leuchtete in ihrem Benehmen eine geheimnisvolle Hoheit, die das Herz des Evlein erwartungsvoll schlagen machte. Um so begieriger horchte sie, ob in den Gesprächen, die die Damen miteinander während ihrer Handleistungen führten, sich nichts

Himmlisches verriete. Aber sie unterhielten sich ganz und gar nicht von dem göttlichen Kinde und anderem, was sie hätte angehen können, sondern von sehr irdischen Dingen, und schienen sich überdies an der Ratlosigkeit des Mädchens, das nicht wußte, was es aus ihnen machen solle, heimlich zu belustigen. Am Ende hatte Evlein nicht mehr von ihnen erhascht und verstanden, als daß sie sich gegenseitig Maria und Magdalena nannten.

Die Arbeit des Mädchens war bald getan. Die Rosen im Korb kauften die Damen mit den Kränzen und steckten sie nachlässig in die Gürtel ihrer Gewänder. Dann holte die eine mit spitzen Fingern ein Goldstück aus ihrer Börse und legte es auf den Tisch, nicht ohne die andere mit einem bedeutsamen Blick zu streifen. Sie waren zum Weggehen fertig. Noch einmal fielen die Schleppen, um die Hände für das Anziehen der langen weichen Handschuhe frei zu bekommen. Während sie beide zugleich bedachtsam diese Prozedur vornahmen, sagte die eine, ohne das Evlein nach seiner Meinung zu fragen:

»Du könntest hier etwas aufräumen, wenn wir gegangen sind. Die Bauernmädchen verpatschen und zerreißen einem doch nur alles mit ihren plumpen Fingern.«

Dann nahmen sie ihre Gewänder auf, lachten leise ehe sie gingen, und waren verschwunden, bevor das Evlein ihnen nachzublicken wagte.

Sie aber stand in dem nach dem Hinausschweben der hellen Gestalten wie verdunkelten Zimmer zwischen den Spiegeln und Kerzen, den fremden Dingen und Gerüchen, und eine leise Enttäuschung über die beiden Damen schlich sich in ihr Herz. Langsam trat sie an den Tisch und hob das Goldstück auf, ob es ihr etwas verriete. Es zeigte ein fremdes Gepräge. Schwer lag es in ihrer Hand und schien sie zu verpflichten. Sie machte sich an die Arbeit. Aber als sie sich noch umschaute, wo sie zuerst zugreifen sollte, gewahrte sie, über der Lehne eines Stuhles hängend, hell und zugleich geheimnisvoll bespiegelt, einen Gegenstand, der sie lächeln machte.

Es war ein feines Frauenhemd; leicht, kaum von Gewicht, mit entblößtem Hals und entblößten Armen zu tragen, wie es schöne Frauen zur Tagzeit an ihrem Körper leiden.

»Solche Dinge also tragen sie«, sagte das Evlein leise, indem sie zu dem Stuhl trat. Und fast eitel darauf, daß sie kein Hemd trage, faßte sie das fremde mit beiden Händen und breitete es prüfend in der Luft aus: »Solche Dinge also tragen sie.«

Während sie sich eben noch mit diesen Worten vor sich selbst brüstete, konnte sie dennoch zugleich der Lockung nicht widerstehen. Sie streifte ihr Jäckchen ab, der Rock fiel zu Boden; sie warf das Hemd über den bloßen Leib und trat zwischen die beiden Spiegel.

Sie erblickte sich. Und das erstemal in ihrem Leben errötete das Evlein. Und noch im Erröten schien sie verwandelt. Ein Wirrwarr der Gefühle ging von dem Bilde im Spiegel auf sie über, der doch gleichwohl erst von ihr selbst in das Glas hineingetragen sein mußte. – Sie mußte sich einen Augenblick zwingen stillzustehen, um die Offenbarung zu begreifen. War ihr nicht noch ehegestern ein Hemd angeboten worden, und

hatte sie es nicht ausgeschlagen? Ein Frösteln überrie-
selte sie. – Dann stürmte ihr Abbild von neuem auf sie
ein. Sie fühlte sich gehöhnt, geschmeichelt, entehrt,
geliebkost, zugleich; sie wollte sich erwehren und
mußte sich doch überlassen; sie wollte sich schämen
und mußte sich freuen – ihr schwindelte. Fluchtartig
riß sie sich von dem Bild im Spiegel los. Sie stürzte
hinaus, als ob es hinter ihr brenne.

Draußen im kalten Flur fiel es ihr ein, daß sie ihre
Kleider zurückgelassen hatte. Aber ihr, die kein Blick
bisher berührte, verlegte die Scham beide Wege zugleich. Sie konnte nicht vor- und nicht rückwärts. Im
unbestimmten Suchen nach einem Ausweg, nach einer Zuflucht, drückte sie mit bebendem Herzen und
fliegendem Arm die Klinke des nächsten Zimmers.
Es war leer. Und im Dunkel sank sie auf einen Stuhl,
an den sie stieß, ohne auch nur die Kraft zu haben,
die Türe hinter sich zu schließen. Mit hochgezogenen
Knien, ganz in sich zusammengepreßt, wartete sie zitternd vor Erregung und wagte es nicht, sich von der
Stelle zu bewegen.

Unterdessen wartete Konrad an dem gewohnten
Platz auf der grünen Insel. Schon mehr als einmal
hatte er die weichen Kissen gerichtet, die er für sie
aus dem Hause mitgebracht hatte. Nun erhob er sich.
Hatte er es ertragen müssen, daß sie nach seinem Geständnis einige Tage verschwunden war, so beunru-
higte es ihn jetzt, daß sie nicht kam, während er sie
im Dorfe wußte. Da erfuhr er denn bald die Sache mit
den Fremden, den Rosenkränzen und den Diensten,
die das Evlein dem Mädchen im Gasthof abgenom-

men hatte. Er vernahm aber auch, daß die Damen in ihrem Reisewagen schon seit geraumer Zeit davongefahren waren.

Konrad stieg die Treppe hinauf. Das offene Zimmer der Fremden am Ende des Ganges fand er verlassen. Die Lichter flackerten, aber verrieten nichts. Als er auf dem Rückweg an dem dunkeln Raum vorüber wollte, zu dem die Tür offen stand, hielt ihn ein leises Geräusch fest. Bald stand er an ihrem Stuhl. Sie hatte ihn am Tritt erkannt und wußte, daß er es sein müsse. Und wie in einer entsetzlichen Verzweiflung, hilflos, nach Erlösung ringend, schlang sie die nackten Arme um den Hals ihres Freundes, der sich zu ihr niederbeugte; und unter Strömen stummer Tränen küßte sie ihn tausend und tausendmal.

Konrad schwieg und biß sich auf die Lippen. Da das Evlein immer zu einem Wort oder Geständnis anzusetzen schien, blieb er still, indem er sie auf seine Knie zog.

Aber es gab doch eine neue große Flut von Tränen, als das Evlein am Ende eine Frage hervorbrachte.

»Konrad«, sagte sie, »Konrad, wirst du mich denn nun noch lieben? Ich habe doch ein Hemd an!« Aber Konrad antwortete nicht, sondern küßte sie. Und endlich war ein Lachen unter ihren Tränen, und sie empfand es ganz und gar wundervoll, daß sie ein Hemd anhatte.

Da schlang Konrad eine Decke, die er vom Bett herunterriß, um ihre Gestalt und trug sie durch das Haus und über die Straße in ihr Zimmer. Die Neugierigen, die die Köpfe zusammensteckten, beachtete er nicht.

Und die Schranke, die zwischen ihnen aufgerichtet war, fiel. Das Evlein seufzte ein wenig als der Schutzmantel der Himmelskönigin von ihr absank; aber es war ihnen beiden so wohl wie irgendeinem Menschenpaar, das je von einem Frauenhemd gewußt hat.

Das Evlein hat sich aber zeit ihres Lebens nicht davon abbringen lassen, daß jene zwei schönen Frauen, denen sie im Gasthof die Haare zum Tanz hatte ordnen müssen, in einer geheimnisvollen Beziehung oder Verwandtschaft mit der hoheitsvollen Frau standen, die ihr dereinst vor langen Jahren in der Frühe eines Junitages auf der großen Wiese vor ihrem Blumengarten begegnete. Nach einigen Tagen hatte sie, um der Sache auf den Grund zu kommen, den Mut gehabt, beim Wirt vorsichtige Fragen über den Verbleib der beiden Damen zu wagen. Aber sie waren nicht zurückgekehrt, und niemand wußte zu sagen, wohin sie gefahren. Freilich sei ihm, so erzählte der Wirt, einige Tage nach ihrer Wegfahrt eine kurze Weisung zugegangen, die zurückgelassenen Sachen ihnen an einen angegebenen Bestimmungsort, dessen wunderlichen Namen er vergessen, nachzusenden.

Das Evlein sagte nicht, daß von jenen Dingen ein Hemd fehle.

ÜBER ZEICHENSETZUNG

Über die Lese- oder Sinnzeichen die in der Schrift und im Druck benötigt werden einiges zu sagen, ist angesichts der erstaunlichen Gedankenlosigkeit und wirklichen Unsinnigkeit ihrer Anwendung, wie sie zumeist hierzulande geübt wird, wohl einmal am Platze. Man wird meinen man komme mit der jetzt geübten Zeichensetzung ganz leidlich aus und es sei recht unnötig daran zu rütteln. Aber rütteln wir einmal: vielleicht erweist sich manches in unserer Sprache durch diese Zeichensetzung verbarrikadiert, beengt und verschnürt, manches als wirkungslos oder vergewaltigt, und wenn man die Enge löst, Verschalungen, Latten und Scheidewände abschlägt, mag das Gebäude der Sprache reiner, freier, leichter und edler dahinter zum Vorschein kommen.

Die gesprochene Sprache bedarf der Zeichen nicht; die geschriebene bedarf ihrer in weit geringerem Umfang als sie jetzt – und zwar ausschließlich im Deutschen – angewendet und gelehrt werden. Die Pedanterie der deutschen Sprache, die viel weiter geht als man denkt, erstreckt sich auch auf die Lesezeichen. So viele unnütze Lesezeichen wie die deutsche besitzt keine andere Sprache der Welt. Indem der Deutsche vor jedes einen Nebensatz einleitende Wort (vor „daß, weil, der, die, das" usw.) ein Komma setzt, bezeichnet er eine schon durch diese Wörter selbst sich ergebende und bezeichnende Tatsache – daß nämlich hier ein Nebensatz beginnt – doppelt. Es wäre etwa so als ob man jeden von einer Landstraße abführenden Weg mit einem Wegweiser ohne Aufschrift bezeichnete nur um zu kennzeichnen daß da ein Weg sei. Wozu? Die französische, die italienische, die englische Sprache – um nur die uns bekannteren zu nennen – kennen (wie alle anderen) diese Überflüssigkeiten nicht und sichern gerade dadurch daß kein Komna gesetzt wird die enge sinngefällige Zugehörigkeit des zum Hauptwort oder Hauptsatz gehörenden Nebensatzes. Überdies ergibt sich aus dem Relativum, der Konjunktion nicht nur daß da ein Nebensatz beginnt sondern auch wohin er führt, wodurch das Komma erst recht unnütz und unsinnig sich aus nimmt. Gewiß gibt es Nebensätze die – etwa als Einschaltungen – vom Hauptsatz oder Hauptwort sinngemäß zu trennen sind und auch in der gesprochenen Sprache durch eine kleine Pause als Einschiebungen sinngemäß getrennt werden; aber im allgemeinen besteht eine völlig untrennbare Beziehung des Nebensatzes zu einem Hauptwort, welche enge Beziehung auch daraus erhellt daß die gesprochene Sprache an dieser Stelle keine Pause macht. Diese wesentliche und nahe Beziehung wird im Deutschen einfach schematisch durch die Vorschrift zerstört, ganz ohne Nachdenken über den Sinn dieser Maßnahme vor jedem Relativum, jeder Konjunktion usw. ein Komma zu setzen, also eine Trennung vorzunehmen, wo doch gerade diese Bezeichnungen andeuten daß hier nichts getrennt sondern im Gegenteil das eine auf das andere bezogen (Relation), das eine mit dem anderen verbunden (Konjunktion) sei. Demjenigen Leser der diesen inneren

Zusammenhang empfindet erscheint das eingesetzte Zeichen wie ein Schlagbaum, ein Weghindernis das er erst beseitigen muß um zu der Zusammengehörigkeit zu gelangen die eigentlich ausgedrückt sein soll.

Man muß nicht denken daß die Forderung des Wegfalls unnötiger Zeichen lediglich eine Neuerungssucht, eine neue Pedanterie oder auch nur ein allein von den Neueren angewandter Gebrauch sei; nicht unsere Zeit (etwa Stefan George) will die Interpunktionslosigkeit einführen, die gute alte Zeit – damit man sich wieder einmal auf sie berufe – auch Goethe läßt schon die Kommata wo sie nicht eine Notwendigkeit sind und vom Sinn gefordert werden fort (Weimarer Ausgabe). Nur: altschulmeisterlich denkende Herausgeber haben sie ihm allentalben später wieder hineinkorrigiert; als ob das gar nichts zu sagen hätte.

(Also etwa – aus Faust II : Ich fürchte daß er sich ergetzt. – Er ahnet nicht was uns von außen droht. - Sie wissen doch was keiner weiß. –

Am Ende hängen wir doch ab
von Creaturen die wir machten.

Wie sinnlos ist das Komma anderer Ausgaben; denn wir hängen nicht von Creaturen ab, die – nebenbei gesagt – wir machten, sondern eben von Creaturen die wir machten. Und so überall.)

Man macht sich aber heute nicht einmal ein Gewissen daraus, das Objekt eines Satzes von seinem Subjekt und Prädikat widersinnig durch ein Komma zu trennen. »Er sieht was keiner sieht«; »Er redet was er denkt«, das sind nicht zwei Sätze oder Haupt- und Nebensatz die man durch ein Komma zu trennen Anlaß hätte, sondern das ist in jedem Falle ein Satz und das Objekt bedankt sich dafür, nicht dabei sein zu dürfen.

Wenn man also die deutsche Sprache daraufhin ansieht was sie durch die Zeichensetzung die heute die allgemeine ist verliert, so wird man sparsam damit umgehen. »Die Sonne ist ein Gott der lacht« ist eine einheitliche Vorstellung deren Einheitlichkeit, Anschaulichkeit und Sinn vollständig zerstört werden wenn (wie die Schule vorschreibt) geschrieben wird: Die Sonne ist ein Gott, der lacht. »L'homme qui rit« ist der Titel eines Romans von Victor Hugo. »Die erste ernste Gefahr«, »Das große letzte Schweigen« ist etwas ganz anderes als »Die erste, ernste Gefahr« oder »Das große, letzte Schweigen«. Diese schöne und richtige Unterscheidung, die das gesprochene Wort leicht andeutet und sich bewahrt, soll durch eine sinnlose Zeichensetzung unmöglich gemacht und zerstört werden? – »Er stürzte weil er getroffen war«; dagegen wäre ganz sinngemäß: »Er stürzte, weil Müde beim kleinsten Widerstand stürzen, in das hohe dichte Gras«; wobei im ersteren Beispiel eine unmittelbare Folge erzählt, im zweiten eine allgemeine Begründung zum Ausdruck gebracht würde.

Ebenso sinnlos (im allgemeinen) ist die engstirnige Regel, es müsse vor »und« ein Komma gesetzt werden wenn das Subjekt wechsele, also zwei Sätze durch das conjunktive »und« verbunden sind. Wozu? Der zweite Satz führt sich mit seinem neuen Subjekt ja schon genugsam und selbständig ein. »Du bist der Herr und ich der Knecht« – in diese ganz besonders durch den Ausdruck gestraffte Beziehung bringt der Schulmeister die schematische Auflockerung und Trennung durch ein zerstörendes Komma.

Man wird vielleicht sagen, wir hätten die Regeln der Zeichensetzung, wie sie in den Schulen gelehrt, in Büchern und Zeitungen gehandhabt würden, nun einmal und das werde seinen guten Grund haben. Mit nichten! es hat einen sehr schlechten Grund. Es hat seinen Grund darin daß nach dem Dreißigjährigen Krieg, als beinahe jedes Gefühl für die Würde unserer Sprache und unseres Volkstums ausgelöscht war, die deutsche Schriftsprache den Kanzlisten anvertraut war und deren Sprache, als von den Höfen stammend, nach rechter Untertanenweise für die feinste, bei dem Fürsten wohl gelittene und anerkannte galt. Diese Sprachkünstler bauten die geschachtelten Sätze; und Schachteln brauchen Scheidewände.

Auch rein äußerlich ist ein von überflüssiger Menge der Kommata heimgesuchter Druck, wenn man diese kleinen Zeichen nur erst einmal recht entdeckt hat, ein wirklicher Greuel. Wie Ungeziefer, das sich dem arglosen Auge verbirgt, das aber wenn man es einmal ins Auge gefaßt hat überall erscheint, wimmeln diese Parasiten zwischen den Worten. Nur wer einen von ihnen gereinigten Druck als Gegenstück betrachtet, wird sehen welchem Augenfraß er für gewöhnlich ausgesetzt ist.

Mag man dies als Nebensache betrachten – hauptsächlich ist mir daß der Bau der Sprache ungehemmt sich aufrichte und daß die sinnvollen Worte die die Sprache selber erfand um sich zu gliedern nicht durch den Un-Sinn von Zeichen ersetzt oder verdoppelt werden die unfähig sind die Stelle eines Bauelementes zu vertreten. Fordern wir doch von dem Zeichen das zwischen den Worten steht daß es einem inneren Sinn der Rede diene; daß es in Anhalten, ein Trennen (,) eine Pause (;) ein Ende (.) eine Zusammenfassung (:) oder ähnliches nach dem Willen und Gefühl des Schreibenden bedeute. Ein Lesezeichen ist in Stilausdruck; nicht eine Gleichgültigkeit, eine Eselsbrücken oder ein Geländer das man einem Satzbau anlegen muß damit er nicht auseinanderfalle.

Die Schullehrer werden sich sträuben? – Sie sollten es nicht tun. Nichts wäre einfacher und sinnvoller als dem Schüler – statt eines »Normalreglements« das man nicht begreift sondern gefälligst auswendig lernen muß – zu sagen: wo du etwas trennen willst (oder wo etwas getrennt werden soll) setze ein Komma; wo du eine Pause im Satz machen willst und dennoch fortfahren setze ein Semikolon; wo du ein Ende machen willst setze einen Punkt; wo du etwas zusammenfassen willst setze einen Doppelpunkt.